JN325155

歌集

ミントブルー

北島邦夫

現代短歌社

目次

Ⅰ　ミントブルー

Ⅳ　白

ミントブルー

I　ミントブルー

ミントブルー

囲ふなら我が骸にはヒマラヤのミントブルーに戦げる罌粟を

青に慄く

ボスニアの窓辺窓辺のゼラニウム赤赤として銃痕隠す

戦死した男の遺影に花を飾る祖国といふ名の花一匁

少年がカラシニコフを持たされて歩哨してゐた道を遡行す

青に透く空の真下のドブロヴニク地雷のマークが道端に立つ

弾痕を観光として撮る吾のとなりの夫婦は記憶に黙す

赤い屋根花飾る窓青い空どこかにきつと狂気が潜む

八月のアドリア地方は青の国君も私も青に囚はる

国境が野原の途中に引かれても見上げる空は一天の青

真つ青な空からこぼれた花蜂が露店を覗く二度も三度も

小魚を見つけて覗くコバルトの海は私の形に暗い

殺し合ひをあの青空がつれなくも見てゐたと気付き青に慄く

底抜けの青こそ狂気の沙汰なれや民族浄化は昨日の昔
思ひ出すアドリア海の夕焼けをとてもきれいな毒茸色

ひかり

踏み込んだもっともっと踏み込んだ　自転車で春の光を傾げて走る

逆光を抜けてきたのは青林檎　君ひよいと投げ我ひよいと受く

護美箱の中に綺麗なひかり差し一時限目のチャイムが届く

どんぐりの傷無きひかりが還つてゆく秋の終はりの青透く空へ

浅蜊の舌舐めあつてゐる砂抜きのボウルに月影さやかにかかる

硝子窓抜け来る冬日の素直さをモップは影の腰折りて受く

外灯のひかりのなかにふる雪はわすれたい記憶　つぎからつぎへ

青と黄

日程が月跨ぐからもう一枚めくつて暦に「旅」とまた記す

母さんの形見の時計をエジプトの時刻に合はせ御守りにする

チョロチョロのシャワーのお湯が毛根の砂を流してナイルに注ぐ

青と黄に天地を分けて静かなるヌビア砂漠にためらひの無し

大砂漠の果てまで夕日に染まるとき風紋は黒い隈をひろげる

地の果ても翳無く見える砂漠では夜空の星も近景となる

演奏を「ラ」で音合はせするごとく砂漠の果てで朝動き出す

ローズレッドに君も砂漠も染めあげて朝がいきなり真横から来る

底抜けの空にすとんと落とさぬようオベリスクの端を大地が摑む

それはもう行く先々が日本晴れ　ええエジプトでもさうなんですよ

よっこらしよと後ろ脚から立ち上がる駱駝はもしや父の転生

エジプトの歴史も今も重いのにガイドは古代の話ばかりする

絨緞を子供に織らせる工房があっけらかんに学校を名のる

四千年陽を浴び続けたファラオ像その一瞬として今日の陽に映ゆ

千年の後でもたぶん変はらないエジプト色のエジプトの風

青空

よろけても直ぐ立ち直る噴水の青空に占める位置確かなり

吸ひ込まれ吸ひ込まれても青空にしつかり残る雲雀の声が

青空に落ちてしまふよ専らにスマホ見ながら歩く君はも

懸命に泳いでゐても青空に溺れさうです紋白蝶が

窓のない部屋にこもれば胸に棲む青空鳶を詠つてばかり

かたちあるもの

首を振る弾みでキリンは立ち上がりビデオの視野からはみ出して去る

恋ひ初めて君が捲りしわが袖の形のままにワイシャツ脱ぐも

沈み込み静かに吹き上げまた沈みピアノソナタは肩から始まる

硬質の死に方にして美しいかたちに名あり貝殻と呼ぶ

さやうならと目が告げてから捨て印のやうに手振られ電車去り行く

本箱の間尺に合はぬ広辞苑ふだんは猫の餌台である

硝子窓の形にポチは全身を上手にをさめ日向ぼこする

ハンガーに干された黒のレオタードに君の汗かく四肢を重ねる

それだけが偽物のやうに咲いてゐる庭の大きな緋のアマリリス

懸命に首を伸ばした亀二匹「うららか」といふ写真のために

師に宛てた手紙はポストに入るとき一寸頭を下げてゐました

黒々と陰毛塗られて裸婦《ヴィーナス》の塑像が美術部部室に置かる

同期する世界

ランニングマシンの揺れに同期して床の鬼打ち豆がふるへる

冬青天ふとんたたきをしてゐるとどこかのお宅も叩きはじめる

声かける声かけられるその度にマスクを外す異動の内示

満開を撮つて送つた携帯に吹雪く桜が返信された

動き出す列車は火の見の銀色をつぎの窓へと渡し始める

コスモスの中を行く電車のつむじ風はなの数だけかぜに色あり

さざ波がさざ波のまま過ぎ行きて舫る小舟の川鵜の揺れる

向日葵は背が高いから皆が見る背が高いから皆を見える

日傘《パラソル》でポンポンダリアを撞いてみた一緒に影が突かれて揺れた

お互ひの間合ひ気になるエレベーター誰もが黙つて階数を見る

受験者はそれぞれ一尾持ち来たり河豚の調理師試験会場

おつかいありさん

青木の葉漏れ来る日差しをそつと返す恩師が逝きて五年経ちたり

白き歯と白のブラウス　鮮やかに一年生の先生たりし

熱出して師に連れられて早退の道で交はした約束の有り

ねえ先生あしたは庭の花を供へ「おつかいありさん」唄ふからね

先生を唯に恋ひしと想ふ日は何度も歌ふ「おつかいありさん」

ヘアピンで師が耳掻きをしてくれた彼の日今日の日ひかりが似てる

通信簿に涙脆しと記したる師はたくさんの花まる呉れき

穏やかな風

あぢさゐに綺麗なひかりの差してをり恩師訪なふ武蔵野の路

教へ子を恩師見送る曲がり角穏やかな風の穏やかに吹く

誰よりも背丈の低い先生を囲んで歩くクラス会帰り

クラス会の写真送付の礼状はいつでも師から真つ先に来る

教へ子の訃を聞く恩師の息遣ひその逐一を電話隠さず

事務的に応ふるを聞き事務的に電話を切れば心騒ぎぬ

オンブバッタ

海岸の路地の平屋の表札の名前は消えず師の七回忌

線香の煙多くてお前らのやる事らしいと師は思ふべし

墓石にオンブバッタが跳び乗つたそれでよしよし先生らしい

図工といふ時間割あり黙々と四十二人が描く自画像

ホームより江ノ電はみ出て二両目から降りる腰越恩師が眠る

先生と呼ばせてください来世でも　四年三組またやりませう

はらからと思ひ出語りて歩くみち黄花咲くみち江ノ電のみち

検診結果

検診の結果知らせる封筒をしばし開けずに雨に聞き入る

坂道をころがり落ちる空き缶を最後まで見てゐた再検査の日

パソコンにいつも同意をしてるから直ぐサインした手術同意書

病室の窓からのぞく青空に自分のことを話して過ごす

青天に太く大きく輪を描けお前は自由な自由な鳶

冬青天

冬晴れて鳶よ高くより高く欅よ高くより高くあれ

Ⅱ

赤

どのやうな赤

どのやうな赤にありけむ名にし負ふ平氏の旗の本当の色

ふぢいろスリッパ

茄子の牛胡瓜の馬の盆飾り母の流儀で母に供へる

やくかいな口内炎を病みし母おもへばそれがわかれの予兆

乱雑に置かれたままの救命の器具がおのづと昨夜を語る

終末の近づきくれば事務的に母のゆかたを看護師求む

だんだんと小さくちぢんでいくやうな音をたてをり母の呼吸器

並列のままに置かれて十日目の母のスリッパ淡きふぢいろ

かくも長く見つめることも無かりきと母の額の汗を拭ひぬ

たのしみは残しておくが口ぐせの母逝きにけり残したままで

指貫をはめて遊びし思ひ出を骸にかたり指輪を外す

職員の通用口と思ひしが小柄な骸の包まれて出る

玄関の硝子戸に透けて「お帰り」と小声で低く言ひし母なり

指さしてゆびにひろごる母のさと桑の葉ゆれゐし疎薄田地《そつぱくでんち》
（注　水利悪く耕作に不向きの田畑を土地の人たちは疎薄田地と呼んでゐた）

里が家に帰れば周りに先生と呼ばれ口調のかはる母なり

生徒らの横に写りし引率の教師美し　母二十二歳

しづけさや母の西瓜を切る手もと　見つむる子等に蟬鳴き頻る

見もしらぬ人が垣根のあぢさゐを撮つてゐたよと遺影に供ふ

ハンガーの臙脂の形見のマフラーが還暦過ぎの私に似合ふ

かあさんは鍵の箪笥に仕舞ひをり教員免状と我が通信簿

古箪笥の端切れは記憶のなかにある母と妹のお揃ひの服

押し入れに合格祈願の千羽鶴　母は千より多く折る女《ひと》

思ひ出の母の品こそ哀しけれ可燃不燃に分別されて

定位置の母の座布団しまはれて秋日はぢかに縁側に差す

母のゐし位置に坐れば尻向ける木瓜の実ひとつ目に入りくる

柚子がまた庭に色づく亡き母の採れる高さと採れぬ高さに

わが痣の所以を知るはわれ一人母は他人に語らずに逝く

鏡台にうつる母なき母の部屋戸板の隙間の斜光ひとすぢ

もう二度と聞くも叶はぬ母のうた七草粥の鳥追ひのうた

亡き母の生まれ変はりは何かしら小蟻がシンクの縁に動かず

鬼籍

おのづから一囲ひなる墓所の雪父母だけがしづかに眠る

骨太と言はるるは何の慰めにもならず焼き場の父の焼骨

無愛想な父です母です私です意固地なところも受け継ぎました

十五年前に逝きたる父あての同窓会報ことしもとどく

亡き父が星の王子と呼ぶ花の本当の名を知らずとも良し

亡き父の書架のひとすみ白樺派横積みのまま埃をかぶる

勝手口の外に置かれて春雨に濡れをり亡母《はは》の漬物石が

義母

義母《はは》がゐてこの歳で苦労したくないと静かに言つた　さうだと思ふ

治療せぬ選択肢あれば選択し義母は最期を我が家に暮らす

余命あと半年の義母逝きました　宣告通り花散る頃に

折り鶴は薄暗い部屋に放たれて義母亡き後のほこりを被る

石に付く桜の蕊をいそいそと七たび洗ひ義母七回忌

ミナちゃん

棟上げは正月明けと息子来て孫の写真の二三を見せる

赤子あやす妻の後ろに立ちをれば爺ちゃん抱いてと息子が渡す

海近くきれいな風の吹く町に還りて住まふ息子の一家

白薔薇のひかりつくして五月尽き孫は初めて摑まりて立つ

七月は孫妻吾の生れ月カンナ一途に緋に燃える季《とき》

お気に入りの団栗の実を携へて夕餉のさなかまた孫の来る

よちよちと孫の来たれば八畳間ポチ逃げ出して主役交代

くすぐられミナちゃんキャッキャッと燥げるを襖の陰からポチ覗きをり

孫抱いて顔出す息子の背に思ふ少年時の荒れは何だつたのか

家族の形

妻子らをがつかりさせないためだけに大空を舞ふ鳶もゐよう

家に来てサマージャンボを仏壇に納める息子に訳のありなむ

正月に娘と息子家に来て妻は焼く餅の数を確かむ

お茶の底よどむを見つつ聞いてゐる叔父貴がホームに入りし経緯

冷えたビール飲むのが先だ冷蔵庫に君の伝言貼られてゐるが

お互ひに今日は結婚記念日と言ふこともなく今日の日終る

吊るされたゴム手袋が君の手のかたちで肩に触れようとする

曼陀羅華は見事な花ねでも嫌ひ（青洲の妻を思ひ出すから）

春うららペペロンチーノとカルボナーラどちらにするか君の眼が問ふ

どちらかと言へば土手道歩かうかすがらに老後の話などして

道草をしてきたのよと服に付く花びらいちまい妻はつまみぬ

初めての「今日」という日に馴染むため君は朝からテレビをつける

風邪気味の妻のコートを吊るすときホッカイロの温み残されてをり

菊を剪り墓に供へて帰る途《みち》わが手にのこる香妻もたのしむ

水道の水漏れ直せば久々に君は尊敬の眼差しみせる

幸せかと問ふなどもせずに秋風が窓辺のカーテン翻しをり

赤立葵

長男が生まれた夏の山形の記憶は庭の赤立葵

ほとけ様を真つ黒クロスケと呼んだのは娘五歳のお祝ひのとき

雨傘の水切りしつつ勝手口でしばらく会はぬ娘を思ふ

娘との行つたり来たりの宅急便荷札の上に荷札を貼りぬ

桃色

夕焼けに桃色のポチと散歩して桃色カモメの群れ飛ぶを見た

ネクタイはポチの遊びにくれてやる六十五歳をむかへたその日

線香の香りがすると獣医言ふ　仏壇の菓子を狙つてゐるポチ

熱湯がラ王のふたから溢されてポチが振り向くシンクのポッペン

飲みさしの缶酎ハイがドビシャンと落ちて零れてポチが嗅いでる

おもむろに砂利のダンプは停止して用足すポチの終はるを待てり

老犬

一人してさびしい物音立ててゐるとポチが黙つて傍らに伏す

このところポチの歩みが遅れがちグーグルに「ペットロス」と入力す

二人称の距離だと思ふ　ポチと吾そして窓辺の四月のひかり

老いてゆく速さわりなし字余りのポチはよたよた我が背に遅る

老犬の薬が残り二粒になつて晩夏は朝から炎暑

はあはあと息するポチに扇風機の首振り六分振り向けてやる

命日

毛糸編む音が確かにあつたやうな気がしてならぬ母の命日

大寒のひかり穏やか　母さんは「介護美談」を作らせず逝く

母愛でし水仙を剪る刃の欠けて母に詫びたり花に詫びたり

早々と己が遺影を決めし母　墓参り後はいつでも無口

幼き日寝返り打てばひらひらと団扇で蠅追ふ母の眼に合ふ

母の手をほどいて歩き級友の見えなくなればまた手をつなぐ

南天の影は縁側に移ろひてこの確かさに亡き母がゐる

六十年この縁側に冬日射す「さうだ亡き母に座布団敷かう」

いつもよりきつくもの言ふ妹の後姿の亡き母に似る

赤い◯《まる》

新しい暦に印す赤い◯《まる》　先づは一月の母の命日

Ⅲ　ミントグリーン

ミントグリーン

春ならばミントグリーンの空がよい　黒い畑の上にひろがる

藤が谷四丁目

春一番君の街から吹いてくる　桜が岡の一丁目から

春一番去つて街路樹に貼り付けたラジオ体操仲間の募集

マーガレットとピアノ教室とダルメシアンあれば藤が谷四丁目です

庭先に青ムスカリと青パンジー一面に植ゑ新婚が住む

ふるさとは幼馴染とお茶を飲み路地で会釈し昼火事で遇ふ

幼子を無事保護したと町中に防災放送なんども礼言ふ

少年と媼が順番譲り合ひレジの並びの間合ひの緩む

道すがら花の種採り蒔く媼「うふふ　私たち花咲かせ隊」

言はれればをさななじみの顔がある相州神輿甚句の列に

老歯科医のあひも変はらぬ待合室ふるい週刊朝日が読める

春まだき

きのふより藤いろ明るき夕空はすでに密かに春とつながる

春まだきくりやの隅の大蒜の房それぞれに青き芽はつか

抜きて濁し差して濁して池の鷺ひとあしひとあし春に近寄る

春まだき義母はふはりと花びらのほどけて香る桜湯を出す

早春賦

二人して行けば立ち去る人のゐて岬の端に春のひかり満つ

海崖の見晴らし径《みち》は行き止まる出口求むる旅でもないが

春回廊

つつじ観たり雲を指したり車椅子は緩いスロープ押されて進む

食卓の春日はあまりに無警戒そのままパンに塗つて食べよう

大いなるものと歩まむ春の町たとへばキリンやコントラバスと

簡単なことよそのまま行けば良い　象のかたちの白雲について

春まひる車窓《まど》に動かぬ浮雲といつしよに特急通過待ちする

郵便のバイクの聞こえつと絶えてまた聞こえ来る春の路地裏

お相撲さん四人黙つてスマホして各駅停車は江戸川渡る

おとひの春雷の雨も吸ひ殻の缶にあるべし雨のバス停

境橋は境川にひとつ　そんなことどうでもよくて春風わたる

あな賢し監視カメラに映らない角度に出づる春の月かも

そのかみは春季皇霊祭　春分と呼びていこへる時代の子われは

春荒れに帽子転がり坂道でさよなら三月裏裏表

コンビニの旬菜弁当に寄りきたる鳩にも旬の菜花をわける

もう一度菜花の土手の一切を瞼にをさめ踵を返す

雄蕊みな捥がれて百合は女人らの集ふ生け花展に飾らる

あめんぼのすいすい走る水溜まり肢の数だけ凹む空あり

決算に飽きてぐいつと伸びすれば五月の風につつじ揚揚

摑まへた風を庭先に住まはせてハナミズキと呼ぶポピーとも呼ぶ

椿

白椿いま咲いてゐる落ちてゐる落花の途中が省略されて

乾いた音立てて小鳥が藪椿の林の秘密を　ほら探つてゐる

真つ赤な嘘いくつもついた唇の開いたままに椿の果てる

蝶

入梅の昼の重さに浮かびきて窓辺にふはり白蝶の来る

捕虫網かまへる童と飛び立つ蝶どちらもハッピーエンドにしたい

黄の蝶と白蝶を見た回数は三勝二敗黄の蝶の勝ち

たんぽぽ

半濁点二つもあるからたんぽぽの綿毛は風船《バルーン》のやうに飛び立つ
たんぽぽの綿毛の揺れてまた揺れてやつと飛び立つ春との別れ

桜吹雪

あるときの桜吹雪は頬よせて自撮りしてゐる二人のために

ワイパーに花びらいくつも絡まってフロントガラスは雨のち桜

谷わたる風の模様になるといふ　そのためだけに山桜散る

曲者だ出合へ出合へ　締め切つた寝所《ねど》に忍びの桜ひとひら

ほんたうは嫌だ嫌だと散つてゐる花の吹雪が宴の席に

花びらの問答無用と散る夜に定年退職送別会あり

はつなつ

桟橋のたぷたぷといふ心音を聴くため鷗が集まる　白衣で

ビニールのはづれたビニール傘の骨みちに捨てられひかりかがやく

水溜まりひよいと跨いだ長い脛ともに眩しく鮮やかに初夏

ねぢり花天ゆ飛び降り芝の上左ひねりの伸身着地

マリア様に供へるからと矢車草剪りて老婆が畑から上がる

雲映す噴水池の水抜かれ午後から空がひとつ足りない

自転車のブレーキかけずに下る坂一気になだれて初夏に斬り込む

七月

とりあへず今日は何の日と聞いてみよう七月六日サラダ記念日

境橋の向かうは君だとすぐ判るつば広帽子が真つ白すぎて

いきづまる万朶青葉にふりむけば木洩れ日幾千むらさきに燃ゆ

しやぼん玉吹かれて飛んで消える間も惜しと雀が地の面《も》を食らふ

夏の夜にぼんやり白い月見草がんばるなんて言はなくてよい

一列に闇の穴へと吸ひ込まれ二度と戻らぬ蟻もあるべし

夏本番

おほいなる夏空ありき母たちがみなアッパッパーを着てゐたる頃

校庭の隅に駆け寄る子供たち　蛇口のまはりはどこよりも夏

炎天に忘れらるとも折らるともカンナの赤に迷ひはあらず

一機また一機　ねばる夕凪切り裂いて飛行機が夏の底を飛び立つ

お風呂場の窓に残つたしやぼん玉に夏空一式まるまる籠る

ほほづきの鉢を抱へて帰るとき一緒に夏空付き添ひて来る

足裏に濡れ雑巾がひんやりと当たり溽暑に生気が戻る

紫の蔭から跳ねたボール返し礼を言はれて白き道行く

ダンプカーが風をぶつけて抜けて行く凌霄花をくらくら揺らし

ふくらはぎに砂付く脚も光る脚もすらりと紺の水着から伸ぶ

シラス干す棚のロープが風を追ひ砂にひと筆置き手紙書く

登り来て標高しめす石の上にすでに石ありもひとつのせる

弁慶の塚にちよこんと人形の置かれ残暑に影ひとつ増す

九月朔

震災と言へば此処では九月朔　根府川駅に蜜柑の香せり

風鈴を外せば最後のガラス音が空に滲み行く　遠い夏へと

吾亦紅の一色のため信号を渡つて屈む携帯で撮る

連射花火《スターマイン》に音の後れる夏をはりテイクファイブをバーボンで聴く

おしろい花

少年の航空兵の鎮魂碑おしろい花と秋日分け合ふ

草刈りの終はつた路肩は広がりて向かうの捨て缶秋日を返す

売れ残るヒヨコを仕舞ふヒヨコ売り露店に秋の日足は早い

自治会が変はれば変はる節回し「火の用心」を伸びやかに聴く

秋深き上野に佇む観たいとか聴きたいとかといふ事でなく

組み体操上と下とが話する秋青天の遥か真下に

内緒話そこまでにして集合の笛に二人の少女駆けだす

水が水に流されてゆく溺れてゆく夜来の雨に川は渦なす

野分去り目に入るものの清々し広場の名誉市民の像も

龍馬なら懐手して眺めたらうロッキーの山は黄葉無限

空調機外した穴を塞ぎをる白いパテだけ部屋に新し

一抜け

ブラインドを午後の日差しが一抜けし企画会議に紛れ込みをり

コーヒーのミルクの渦の崩れるを確かめてからやをら切り出す

ビル壁を一気に日影が駆け上がりかくて終業一時間前

ガラス窓に貼られる「ダンス」の文字の向かうペアの男女がくるくる回る

冬きたりなば

十一月の最後は温き日となりて妻の鼻唄二階に届く

魔女セット売り場の棚に落書きの「飛行禁止」の四文字熟語

残照は山の端限りの病棟に灯の点かぬ窓ひとつ増えたり

一月号抜いて凭れる十二月号順繰り順繰り去年が傾ぐ

重ね着で過ぎる野原に蟷螂の卵もこもこ茎にかたまる

ひえびえと指に触れたる干し物に冬日はつかに温みて潜む

踏みしだく霜柱の音に惹かれつつ知らずに日向を選んで歩む

悴んだ冬をそこだけ掻き回し赤い誘導棒の振られる

松飾り露店に買へば手のひらの百円銀貨ひなたにまぶし

雪

ぼた雪のしばしとどまる右まつげ上目遣ひに睨んで溶かす

痛快とむしろ褒めよう雪かきを横目に波乗りしてる男を

新年

初詣変はらぬ固さの石段をのぼり変はらぬ願ひをしたり

掃き出した仏間は直ぐに寒気満つ新年は中の中であれかし

とまどひ

蕗を煮て贈れば吾に　ではなくて神に感謝の耶蘇教の君

着たことのない淡藤を似合ふ色と言はれ世界が一寸拡がる

耳もなく鼻もないのに目の前の骨格標本「象」と記さる

豚の数が県下一番と広報で誇らしげに言ふ我がふる里は

ふるさと発見ウォーキング

棄て縄を踏むこともなき細道をふるさと発見ウォーキングが行く

戦後とふ夢を担ひしふるさとの松下ソニーの工場は閉づ

パーマ機の黄色く円く窓に透けスター美容室は代替はりせず

戒名を読み取れるほどにローカル線寺の傍ゆつくり進む

共同の墓地の手押しのポンプには東京市神田區の販売店の名

シャッターの下りる通りの寫眞館掠れ看板を右書きに読む

通るたびに興味のつのる事務所なり「松野軍団（株）」の看板

大蛸の鎮座まします「タコ公園」本当の名を誰も知らない

堤防のS字スロープの銀色の手すりが夏の空へとつづく
長慶寺へ慶長橋を渡つて行くややこしさのある故郷をあるく
庚申の塚の辺りにハナニラの咲いて昔に還るふるさと

カワセミ

カワセミを待ち構へてゐる人たちの前へ抜き足差し足のサギ

完全に雲が千切れるまで待たう所詮カワセミは待つことで撮る

カワセミに言ってはならぬこの川の水源が下水処理水なるを

無人駅

無人駅いまも昭和を引き摺って下りの時刻のすべてが奇数

江ノ電の起こした風の大きさはふらりと振れる赤まんまほど

蜻蛉のついと来たりてカンカンと鳴る遮断機をいうぜんと越ゆ

傘ひらく音それぞれに人去りて雨夜の駅が無人に戻る

笹竜胆

踏みつけて気づくことあり鎌倉のマンホール蓋は笹竜胆の紋

鎌倉の風情をつくる石段に蜂の死ひとつ壊れずにあり

歩道歩け

道端で「歩道歩け」と声枯らす新米教師は無視されてゐる

放課後のトロンボーンの練習音まのびしたまま校外に出る

昼の月通りすがりの振りをして体育授業を飽かず見てをり

祭

隣町に編入されても鎮守様祭り囃子の変はらず聞こゆ

遠く聞く祭囃子に老歯科医は歯形取りつつ故郷を語る

誇らかに神輿を揺らす男衆も江ノ電来たれば端に寄りけり

祭り日に産まれし汝は吉兆と信ずる母の脚は弱りぬ

蕗

けふの日がもうなつかしい　庭の蕗つみて煮つめてお裾わけして

Ⅳ

白

皺む白

皺む白競り上がる白寄する白打つ白吹く白　能登の冬波

奥能登は時雨れる晴れるまた霙つかのま虹を荒海に見る

奥能登の侘び寺に降る初の雪落ち葉は春まで根雪に埋もる

侘び寺の剝げてはゐるが極彩の鴨居に村の往時を想ふ

とどめをさす

さよならの向かうとこちら　退職のあくる日職場を見上げて過ぎる

部下の目に目でありがたうと言つてから職場最後の決済をする

退任と言ひ渡されて席に戻りいつものやうに目薬を点す

座るのは今日が最後の我が椅子にとどめを刺しに夕陽射し込む

何となく送別会も散会し月の辺りのぼんやり白む

花束のセロファンの硬さ抱へこみひとりで帰る送別会あと

頂点

頂点に立つものだけが許されて獅子は草原にだらしなく寝る

富む者を蔑視しながら生きてゐるさもしくならぬ奥の手として

ヒト科甲虫類

降り出せばひとつまたひとつ傘開きヒト科甲虫類の蠢き始む

人の棲む星は炎暑に静まりて木賃アパートに孤独死一人

煙突の焦す夜空がいつもあり干し物取りこむ単身赴任

黙々と牛丼喰らふ男らにまじり私も燃料補給

温い湯に浸かり一日を反芻す足指ひとつひとつをほぐし

冥王星

順番に机の引き出し開け閉めし再就職の感触を得る

仕事場に昼来る雀と飯分ける　非常勤ゆゑ次は二日後

美味い店も近道も知る雀来る再就職はともあれ順風

何事も起きず起こさず非常勤雇用契約一年延長

虹を見るその暫くは仕事場に向かふ独りの初老に非ず

遠近の失せた煙雨にずんずんと歩む力は静かな怒り

職場など無ければ良いと思ふ日に部下が笑顔でお茶置いてゆく

他の女《ひと》に言はないでくれと部下が来てヴァレンタインのチョコを差し出す

惑星から冥王星の外されて見たことないが仲間だと思ふ

葉桜の独り昼餉の公園に鳩の寄り来るまた一羽くる

電話口の切り口上で言ひ淀むわづかな間合ひに本音を込める

いいことが続かないなら悪いことも続かないでと言ひたい私

老兵は去る

シルバーシート吾譲られず譲りもせず六十六歳微妙に生きる

わが職場窓の無くても月替はり月のはじめに暦をめくる

窓際と呼ばれゐし日は疾うに過ぎ窓無き部屋に独り働く

欠伸しても一人の部屋は一人きり嚔をしたらやはり独りだ

いつしかに窓無き部屋が城となり独りの私が独りに馴染む

窓の光なくても元気なライムポトスそれが唯一の相棒である

昼どきの人声遠くに聞きながら自席でしやけ弁独り食べをり

窓の無い部屋に終日働いて風に甘えて夜道を帰る

たけなはの仕事納めの賑はひに吾の不在を誰も気づかず

父母ののこした庭の花やつで正月明けの出勤見送る

年始回り私の部屋に来ずも良しおためごかしの気配りなんて

昔の部下訪ね来たれば忘れようとしてゐた記憶の噴いて苛む

フィットネスに汗滴れば生き様のごとく半端な塩味加減

ジムに行つて鍛へてゐるのは左脚誰にも言はぬが偶によろける

忘れられ無視されて得た静穏を人事係がいきなり侵す

老兵は消え去るのみか　何時しかに獣の臭ひ薄れる老犬

延命剤入れて枯れない薔薇の花　思ひ余つて今朝捨てました

ひとつの唄うたひ続けて死んでゆく雀ら今日もご機嫌のやう

人畜無害宣言

売れ残るヒヨコを両の手で包む温とさに嗚呼負けてしまひさう

ふるさとの浜もとほれば寄する波寄する波みな脱力しをり

お供への花がめじるし友の墓月命日にいつも花あり

「傘持つた？」「大丈夫よ！」と出た妻をやがて時雨れて駅まで迎ふ

手料理をふるまふと言ふ恩師からの手紙は職場でまた読み返す

暇なのに結構忙《せは》しと意地張りて君に言ひし日サルビア紅し

逃げてゐる自分を蔑む吾もゐて柾木の生垣ガリガリと刈る

見上げつつ尾をゆつくりと振るポチは吾を慰めてくれてゐるらし

手を振つてバスから見てゐる子供等と目が合ひ思はず背筋を伸ばす

唐突にエロスが無いと君に言はれ我が晩年の始まるを知る

アルパカの潤む瞳のやさしさに人畜無害の生を肯ふ

鼻唄の途中で歌詞を違へても湯船の柚子は吾に寄り来る

われ嬉し故にわれ在りわが悲喜をわが事とする人に囲まれ

チョコふたつもらふ男でありにけり　六十六歳まんづまんづ

どこからか布団叩きの聞こえきて見上げる空は底抜けの青

もし

「もし」といふ記憶が「今」を傷つけるあの時君は逆光の中

伴奏のしにくい人と言はるるは褒め言葉だらう君の場合は

もやひ舟の軋みとぎれて君は言ふ「終のすみかはホームにするわ」

寒空に鯛焼き食うて君を待つはみ出す餡が甘くて温い

サヨナラとひとこと言ふため追ひかけて後姿の電車にメールす

素気ない「空き巣に遭つた」「大丈夫？」のメールは深夜相聞めきぬ

図らずも君を騙してしまつた日夏椿の花拾へば傷あり

管楽器がてんでに響いた放課後の記憶はいつもの場面で止まる

「嗚呼」とだけ刻む碑ひとつ立てるとして君ならいくつの歳を選ぶや

緋桃咲く

飲み止しの紅茶カップに紅移し誰の電話か君は中座す

春の風君の脛吹くうなじ吹くオペラ帰りの駅までの道

二人してほろ酔ひ加減で帰る道とぎれとぎれの沈黙がある

合はせたり合はせなかつたり靴音がなぜか気になる君との夜道

「来年も働かうかな」靴音に紛れ込ませて君は呟く

緋桃咲くおもへばいつも人生の届かぬ先に絢爛として

そよ風が窓掛け軽くふくらます　ものおもはずば幸せな午後

仲間

会ひたしと思ふひとから会ひたしと言葉添へたる賀状が届く

おのおのの臓器の臭ひ隠しつつ還暦過ぎのクラス会に行く

土砂降りのさなかの葉書に滲み無し　いつでも君はさういふ態度

夕立にどうぞとさされた相傘の片身濡れるが君には言はず

リサイタルの君に花束渡すとき百合の雌しべが吾が手に触れる

消息を知つて羨望抱く午後乗らずのブランコひと押し揺らす

オハヨーと毎朝君にメールするにはこれまでと違ふシナリオが要る

吾を指し「気持ち悪りい」と言ひし人その一言が記憶に残す

何うでもよい別件メールが不器用に言はず語らず謝意を伝へる

焼き場への道

教会で歌ふ聖歌は葬儀後におほかた君を忘れるために

さやうならの「う」をしつかりと発音し君との永久の別れとしたり

草伸びて霊柩車来る草刈られ霊柩車来る　焼き場への道

眼鏡

黒メガネかけて完成品となる親爺バンドのボーカルの君

度の合はぬ昔の眼鏡を捨てないでメガネを探すメガネに使ふ

パソコンスクリーン

人はみな戯れせむとや生まれけむ友を偲びて集ひて飲んで

入院の君は希《ねが》へりこの秋の同窓会にはなんとか出たし

翌週もお見舞をする口実に友を誘つて道案内せむ

君の許が二手に分かれて今朝届く中学ルートと高校ルートと

柩には二週間後の同窓会出席名簿を一緒に入れる

京都への修学旅行で迷子になつた十八番の話は一回忌で話さう

次にまた会ふために言ひし「さよなら」を永久の別れの言葉に使ふ

君はどの星となれるやベランダに天体望遠鏡《テレスコープ》を置いたまま逝く

師と君と一緒に並ぶ三人の写真が私のパソコンスクリーン

もう一度と希ひし初夏の来てをるに写真の君は秋の装ひ

瘡蓋

振り向かぬ大勢の背に夏日強しカンナ赤々燃える出棺

不意に来て我が顔見つめてゐし君の自死の覚悟に気付かざりけり

帰りぎは君が小声でさよならと言ひし響きの今なほ残る

今生の別れとなりしさよならに思へばかすかにためらひのあり

瘡蓋は何時か剝がるるものなれど剝がば血肉の君の思ひで

この雪は

群れることを死ぬほど嫌って掌で融けるを選んだ　この雪はきっと

あとがき

今年から郊外の新しい職場で週二回、非常勤として働いている。これまでは都心に通勤していたので、通勤経路がおおきく変わり車窓に流れる景色のどれもが目に新しい。

老境にはいった自分の年齢を考えればこれが最後の職場だろう、と思って景色を見ている。梅雨の町、炎暑の町、その折々でその場にふさわしい表情を見せてくれる町。

少しばかり感傷的になりながら往復五時間の通勤をしていると、いろいろな思いが去来する。……いまはこうやって出勤しているが、やがて、週二回の通勤もなくなり、収入も減り、体力気力も衰える。痴呆になるかもしれない。そんなことも一度ならず胸に浮かんでくる。

歌集のことについていうなら、この先高齢になって歌集を出すことが体力的にも大変になってこよう、今なら体力気力も不十分ながらなんとかなるだろう、あれこれ悩むより、思い立ったが吉日かもしれぬ、などなど。

これが、この歌集を出版することとしたとても個人的な経緯である。


いざ、歌集を作るとなると、歌の取捨選択を迫られるが、どの歌にも思い出があり、初めての歌集となる私にとっては戸惑うばかりだった。不十分かもしれないが、自分の好みで四三〇首に絞り込んだ。

題名については、青色が好きなので、「ミントブルー」とした。特に思い出深い印象的な青は、ヌビア砂漠で仰いだ冬の青空と、アドリア海の真夏の青空だ。両方とも、この歌集に歌を載せている。

最後に、歌集を出すか出さぬかと迷っていた私の背中を力強く押してくださり、また、快く相談に乗ってくださった木村雅子様と下南拓夫様には、ここに改めて深甚の謝意を表させていただき、あとがきとしたい。

平成二十七年八月　鵠沼の自宅にて

北島邦夫

歌集 ミントブルー

平成27年10月21日　発行

著　者　北　島　邦　夫
〒251-0031 藤沢市鵠沼藤が谷4-6-5
発行人　道　具　武　志
印　刷　㈱キャップス
発行所　**現代短歌社**
〒113-0033 東京都文京区本郷1-35-26
振替口座　00160-5-290969
電　　話　03(5804)7100

定価2500円(本体2315円＋税)
ISBN978-4-86534-125-6 C0092 ¥2315E